COLLECTION DE M. DE LA FONTINELLE

PREMIÈRE PARTIE

DESSINS

Mᵉ COUTURIER, Commissaire-Priseur.

M. BARRE, Expert.

RENOU ET MAULDE

IMPRIMEURS DE LA COMPAGNIE DES COMMISSAIRES-PRISEURS

Rue de Rivoli, 144

CATALOGUE

DE

DESSINS

LIVRES A FIGURES

ET

MINIATURES

dont la vente aura lieu

HOTEL DROUOT, SALLE N° 4

AU PREMIER ÉTAGE

Les Mercredi 22, Jeudi 23, Vendredi 24 et Samedi 25 Novembre 1865

A DEUX HEURES

Par le ministère de M° **COUTURIER**, Commissaire-Priseur,
boulevart de Sébastopol, 95 (rive droite),
Assisté de **M. BARRE**, Expert, rue de la Boule-Rouge, 7.

EXPOSITION PUBLIQUE

Le Mardi 21 Novembre 1865, de 2 heures à 5 heures.

PARIS — 1865

CONDITIONS DE LA VENTE

Elle sera faite au comptant.

Les acquéreurs paieront, en sus des adjudications, cinq pour cent, applicables aux frais.

Cette importante Collection qu'un amateur zélé et patient a rassemblée depuis plus de trente années, est remarquable, tant par le nombre des objets que par le choix qui a présidé à leur réunion.

Nous avons divisé cette Collection en trois parties. La première, qui est décrite au présent Catalogue, se compose de Dessins des premiers maîtres des Écoles française, italienne et hollandaise, parmi lesquels, deux superbes gouaches de Philippe Wouvermans, d'une très-fine exécution, deux superbes dessins du Titien, un charmant pastel de Latour, et enfin d'œuvres très-intéressantes de Boucher, Watteau, Pater, Rubens, Mieris, Metzu, Titien, Carrache, Véronèse, etc., etc. Nous ferons remarquer que la plupart de tous ces dessins sont dans leurs anciennes bordures sculptées, et dans un parfait état de conservation.

La seconde partie, dont la vente aura lieu, les 11, 12, 13, 14 et 15 décembre prochain, comprend d'excellents Tableaux des Écoles française, italienne et hollandaise, et une très-belle réunion d'Objets d'art et d'antiquités, tels que : Ivoires, Émaux, Bijoux, Bronzes, Meubles et Objets d'ameublements, Groupes, Bas-Reliefs et Bustes en marbre.

Enfin, la troisième partie, qui sera vendue dans le courant du mois de février, se composera de Tableaux importants des maîtres italiens et espagnols.

DÉSIGNATION

DES

DESSINS

⸺⊷◇⊶⸺

ÉCOLE FRANÇAISE

1 **Audran**. Entrée d'Alexandre à Babylone.

2 **Augustin**. Portrait de Louis XVI. Il est représenté assis, en costume de cérémonie.

3 **Borel**. Douze sujets. Costumes de l'époque de Louis XVI.

4 **Bouchardon**. Dessin fait d'après un camée de la galerie Médicis.

5 **Boucher**. Femme nue.

6 — Femme nue tenant une colombe. Dessin rehaussé.

7 — Tête de Bacchante.

8 — Deux sujets religieux.

9 — Education de l'Amour. Sanguine.

10 — Enfant. Sanguine.

11 — Quatre Têtes d'Étude. Dessins rehaussés.

12 **Boucher**. Jeune Paysanne.

13 — Tête de Jeune Fille. Pastel.

14 — Hercule et Omphale.

15 **Bourdon** (Sébastien). Le Serpent d'airain.

16 — La Sainte Famille. Gouache.

17 **Callot**. Marche de cavalerie. Dessin à la plume.

18 **Caresme**. Bacchanale. Dessin à la plume.

19 **Charlet**. Le Départ du Soldat.

20 **Chardin**. Portrait d'un Peintre à son chevalet.

21 — La Ménagère. Sanguine.

22 — Portraits d'Homme et de Femme. Crayon rouge.

23 **Chechin**. Henri IV chez la Belle Gabrielle.

24 **Lorrain** (Claude). Vue d'un Château. Dessin au lavis.

25 — Paysage.

26 **Courtalon**. Tête de Vieillard. Dessin à la plume.

27 **Drouais**. Enfant au Chat. Pastel.

28 **Fragonard**. La Surprise.

29 — Buste de Jeune Femme.

30 **Robert-Fleury** (signé). Sujet tiré de l'Histoire du moyen âge.

31 **Gillot**. Dessin à la plume.

32 — Comédien. Sanguine.

33 **Granet**. Intérieur de Cloître. Dessin à la plume.

34 **Greuze**. Deux Portraits. Pendants.

35 — (signé, 1796). Sujet de l'Histoire romaine.

36 **Dujardin** (Karel). Étude d'animaux.

37 **Huet**. Intérieur de Ferme.

38 **Isabey**. Portrait de Mme Boulanger. Aquarelle.

39 **Jouvenet**. Le Christ sortant du tombeau.

40 **Lafosse** Sujet allégorique du Jugement dernier.

41 **Lagrenée**. Neptune et Amphitrite. Sanguine.

42 **Largillière**. Portrait de Dame.

43 **Lancret**. Berger endormi.

44 **Lantara**. Paysage avec chute d'eau.

44 *bis*. **Latour**. Portrait de Femme. (Pastel)

45 **Laurenty**. Étude de Vache.

46 **Lavreince**. Scène d'Intérieur.

47 **Lebrun**. Jugement de Pâris.

48 **Lebrun** (Mme Vigée). Portrait de l'Artiste.

49 **Lemoine**. Betzabée au Bain.

50 **Leclerc** (signé). Sujet biblique.

51 — Sujet mythologique.

52 **Lemoine**. Le Triomphe d'Amphitrite.

53 **Lepautre**. Ornements.

54 **Le Nain**. Le Maréchal-Ferrant.

55 **Le Prince**. Jeune Dame dans un parc.

56 **Moreau**. Le Grand escalier du Vatican.

57 **Nicolle**. Intérieur de Palais.

58 **Oudry**. Étude de Chien. Peinture sur papier.

59 **Pater**. Jeune Femme assise.

60 **Petitot** (signé). Fontaine monumentale.

61 **Pillement**. Les Lavandières. (Deux pendants.)

62 **Poussin** (signé). Mars et Vénus. Dessin à la plume.

63 — La Femme adultère. Bistre.

64 — Tête d'Étude. Sanguine.

65 — Le Baptême dans le Jourdain.

66 **Prud'hon**. Le Génie et l'Étude, sujet allégorique.

67 **Rigaud**. Portrait de Desjardins, sculpteur.

68 — Portrait de Seigneur.

69 **Robert** (Hubert). Fontaine.

70 — Ruines.

71 — Ruines avec figures.

72 — Étude de Paysans.

73 **Robert** (Léopold). Deux Études de Paysans des environs de Rome.

74 **Saint-Aubin**. Fête donnée à l'occasion du Baptême du prince Louis de Parme. Dessin à la plume.

75 **Saveignac**. Paysage orné de figures, gouache sur vélin.

76 **Ary-Scheffer** (signé). Le Petit Pâtre. Aquarelle.

77 — Scène de la Révolution de 1848.

78 **Swebach**. Choc de cavalerie. Dessin au lavis.

79 — Passage du Gué.

80 **Thomas** (signé, 1787). Le Temple de Vesta.

81 — Le Temple de la Fortune. Pendant du précédent.

82 **Vanloo**. Baigneuses.

83 **C.-Vernet**. Le Gastronome sans argent.

84 **H.-Vernet** (signé). Croquis au crayon noir et dessin au bistre.

85 **Watteau**. Croquis à la sanguine.

86 — Sujet décoratif.

87 — Baigneuse.

88 — Femme nue endormie.

89 — Fontaine dans un Parc.

90 — Danse dans un Parc.

91 — Le Repas Champêtre.

92 **École française**. Allégorie.

93 — Dame à sa toilette, époque Louis XVI. Dessin rehaussé.

94 — Tête de Bacchante. Sanguine.

95 — Monuments et Ruines.

96 — Tête de Jeune Fille. Pastel.

97 — Dessin à la sanguine.

98 — Tête de Jeune Femme. Pastel.

99 — Portrait de Jeune Dame, époque Louis XV.

100 — Vue du Temple de Vesta.

101 — Sujet mythologique.

102 — La Main-Chaude. (Gouache sur vélin.)

103 — La Balançoire. (Pendant.)

ÉCOLES FLAMANDE, HOLLANDAISE, ETC.

104 **Both** (d'Italie). Paysage. Sanguine.

105 **Bloemaart**. La Prédication de saint Paul.

106 **Deyster**. Femme et Enfant.

107 **Goltzius**. Saint Jean.

108 **Heemskerk**. Buveur flamand.

109 — La Vérité.

110 **Horemans**. Trois croquis à la sanguine.

111 **G. Hoet**. Le Supplice.

111 *bis*. — La Rançon. (Pendant du précédent).

112 **Kranach** (Lucas). Etude.

113 **Miéris** (Fr.). Vénus endormie.

114 **Moucheron**. Paysages avec monuments d'architecture italienne (Deux pendants.)

115 **Meulen** (Van der). Intérieur de la salle à manger des Invalides.

116 **Metzu**. Intérieur. Une jeune dame assise est occupée à dessiner. Sanguine.

117 **Netscher**. Portrait d'une princesse d'Orange.

118 **Peeters** (Bonaventure). Deux Marines, gros temps.

119 **Potter** (Paulus). Etude de taureau.

120 **Rembrandt**. Apparition de l'Ange.

121 **Rubens**. Assomption de la Vierge.

122 — Tête d'expression.

123 — Le Christ guérissant des malades. Dessin au crayon de couleur.

124 — Etude d'Ange. Sanguine.

125 **Ruysdaël**. Intérieur de forêt avec figures.

126 **Ruysdaël** (Signé). Paysage avec figures.

127 **Van de Velde** (G.). Mer calme.

128 **Van der Broeck**. Adam et Ève.

129 **Van Huysum** (Jean). Fleurs et sculptures.

129 *bis*. — Fleurs et Fruits.

130 **Van Os**. Bouquet de fleurs dans une corbeille.

131 **Van Ostade**. Paysans attablés.

132 — Le Galant Buveur.

133 **Wouvermans** (Philippe). Le Départ pour la chasse au faucon A gauche. une halte de bohémiens; plus loin un groupe de cavaliers traversent un gué. Très-belle gouache.

134 — Le Boute selle. Dans une grange, divers cavaliers s'apprêtent à partir. (Pendant du précédent.)

135 — Le Maréchal ferrant. Gouache sur vélin.

136 — Paysage avec figures.

137 **Netscher** (D'après). L'Enfant aux bulles de savon.

138 **Rubens** (Attribué à). La Naissance de l'Enfant
Jésus.

139 **École flamande.** Vierge et Enfant Jésus.

140 — **H. G**. (Signé), 1612. L'Adoration des bergers.

141 — Mer houleuse.

142 — **A. D.** (Signé). La Circoncision.

143 — Dessin allégorique. Signé.

144 **Bonington.** Esquisse à l'huile sur papier.

145 — Henriette d'Angleterre, d'après Van Dyck.

146 — Portrait de Dame, d'après Rubens.

147 — Promenade sur l'eau.

148 **Reynolds**. Tête d'Enfant. Crayon de couleur.

ÉCOLES ITALIENNE & ESPAGNOLE

149 **Le Bronzino.** Nymphe et Satyre.

150 **Caraccioli** (Antoine). Le Triomphe de Silène.

151 **Caravage** (Polydore de). Soldats combattant.

152 **Carrache** (Annibal), signé. La Résurrection de
Lazare.

153 **Corrége** (Attribué au). Sainte Famille.

154 **Dominiquin**. Vierge et Enfant Jésus.

455 **Giordano** (Lucas de). Suzanne et les Vieillards.

156 — Anges portant la croix.

157 — Andromède. Dessin à la plume.

158 **Le Guerchin**. Saint prosterné devant la sainte Famille.

159 **Guide**. Madeleine au désert. Crayon.

160 **Jac-Ligozius** (Signé), 1598. Sujet de la Fable. Superbe dessin au bistre rehaussé d or.

161 **Luini**. Tête de moine.

162 **Maratte** (Carle). L'Adoration de la Croix.

163 **Michel-Ange**. Étude.

164 **Michel-Ange** (Attribué à). Sujet allégorique.

165 **Palmérius**. Animaux au repos.

166 — Pendant du précédent.

167 **Parmesan**. Sainte Famille et saint Laurent. Deux dessins dans un cadre.

168 **Raphaël** (Attribué à). Deux sujets d'étude.

169 **Servandoni**. Monument en ruines.

170 **Titien**. Résurrection de Lazare.

171 — Saint Joseph tenant l'Enfant Jésus. Dessin.

172 — Retour de chasse.

173 — Dessin à la plume.

174 **Véronèse** (Al.). Dessin à la plume rehaussé.

175 **Viviani** (Signé). Paysage avec ruines et animaux.

176 **Titien** (Attribué au). Les Apôtres au tombeau.

177 **Raphaël** (École de). Croquis à la plume.

178 — La Vierge et l'Enfant Jésus.

179 **École italienne.** L'Annonciation.

180 — La Vierge, l'Enfant Jésus et saint Jean. Dessin à la plume.

181 — Tête de guerrier. Dessin à la sanguine.

182 — Sujet allégorique.

183 — L'Assomption de la Vierge. Sanguine.

184 — Le Jugement de Pâris.

185 — Ruines avec figures. (Deux pendants.)

186 — L'Annonciation. Dessin.

187 — Description d'un temple païen. Sanguine.

188 — Un sacrifice.

189 — Dessin à la plume.

190 — La Chute de Phaéton.

191 — Baigneuses.

192 — Paysage avec ruines.

193 — Massacre des Innocents.

194 — Allégorie d'un fleuve.

195 — Théâtre de San-Carlo, à Naples.

196 — Allégorie de la Justice.

197 — Miniature sur vélin.

198 — Décors et ornementation. Dessin à la plume.

199 **École italienne du XVIe siècle.** Archi-tecture. Dessin d'autel. Moine en prière.

200 — Dessin allégorique.

201 Murillo. La Vierge et l'Enfant Jésus. **Dessin** rehaussé.

202 — Vierge et Enfant.

203 Signé **J. 17**. Sujet tiré de l'Iliade. Superbe dessin rehaussé.

204 Signé **F. G. B**. Intérieur de palais.

205 — Sacrifice d'Abraham. Gouache sur vélin.

206 Environ 150 Dessins encadrés et 200 Pièces en portefeuille des Ecoles Italienne, Française & Flamande, qui seront divisés par lots.

LIVRES A FIGURES

207 OEuvres d'architecture de Jean Le Pautre (Jombert, 1751). 3 vol. in-fol., avec figures.

208 Veues de Van der Meulen, gravées pour le Roy. 1 vol. gr. in-fol., avec 34 figures. Très-belles épreuves.

209 Fables de La Fontaine, de l'imprimerie de Jombert, 1756. 4 vol. in-fol., avec figures de Oudry. Très-belles épreuves.

210 Tableaux de la Suisse. 2 vol. in-fol., avec figures.

211 Le Cabinet de la Bibliothèque de Sainte-Gene-
viève, par Claude du Molinet (Dezallier, 1692.
1 vol. in-fol.), avec figures.

212 Peintures antiques, par Raoul Rochette. Imp.
Royale, 1836. 1 vol. in-4, avec figures coloriées.

213 Un Album contenant 6 beaux portraits, par Thomas de Leu.

214 Plusieurs Albums de portraits et gravures qui
seront divisés.

MINIATURES

215 Sous ce numéro, Miniatures sur cuivre et sur
ivoire.

Renou et Maulde, imprimeurs de la Compagnie des Commissaires-Priseurs,
rue de Rivoli, 144.   45999